Dank an Mads, Ingrid, Louise, Amalie,
Nanna, Christina, Mette, Martin und Martin

ISBN 978-3-99059-046-1

Umschlag: & Co www.und-co.at
© des Autorinnenfotos: Petra Kleis
Satz: AD

Druck: Bookpress.eu

Die Übersetzung wurde gefördert von

DANISH ARTS FOUNDATION

Literaturverlag Droschl Stenggstraße 33 A-8043 Graz
www.droschl.com

Tine Høeg

Neue Reisende

Roman

Aus dem Dänischen von Gerd Weinreich

Literaturverlag Droschl

du kannst mir nicht schreiben
ich schreibe dir

August

*

ich habe mir ein Pendler-Ticket gekauft

ich habe einen neuen Namen bekommen

einen Lehrernamen

zusammengesetzt aus Buchstaben
meines Vor- und Nachnamens

ich habe den Code zum Netzwerk des Gymnasiums bekommen
der jedes halbe Jahr nach einem bestimmten Prinzip geändert
wird

Sommer16 Winter16 Sommer17 Winter17

man hat mich in die Systeme
eingewiesen

es ist ein Zufall
dass wir an meinem ersten Schultag
ins Gespräch kommen

ich bin so nervös und unsere Beine
berühren sich
als wir uns setzen

du bist Grafiker in einem Reisebüro

du bist auch Pendler

du bist zehn Jahre älter als ich

du bist verheiratet und hast eine Tochter

*

ich spiegele mich in einem Schaufenster
im Hauptbahnhof - Dienstag

ich kaufe zwei Becher Kaffee
und stelle mich auf die Rolltreppe

es zeigt sich
dass du dasselbe getan hast

wir steigen mit den Bechern ein

ich schenke meine beiden zwei Teenagern
die aneinandergelehnt sitzen
und müde aussehen

sie sind überrascht und freuen sich

das Blut im Körper

ein Sausen in den Ohren
als der Zug sich in Bewegung setzt

*

das erste Mal dass ich dich nackt sehe:

Zugtoilette

irgendwo zwischen Kopenhagen und Næstved

das ist für mich ganz neu

jemand so haben zu wollen

*

es fühlt sich an als hätte ich Fieber

die Schüler sehen einander ähnlich

heißen gleich

dünne Beine große Sneaker

vier Klassen in Dänisch
und Vertrauenslehrerin in einer davon

Vertrauenslehrerin

es ist warm in den Räumen

ein Geruch von Schweiß
Parfüm

Pasta und Thunfisch
von den Brotdosen der Jungen

sie essen in den Stunden

ich kenne meine eigene Stimme nicht
wenn ich am Pult stehe und rede

die Augen der Schüler

ich kratze mich an der Wange

alle Gruppen sollen einen Campingkocher mit Zubehör
mitbringen

der Kollege STAR hat meinen Unterricht unterbrochen
um über die Kennenlerntour zu informieren

er unterrichtet Dänisch und Geschichte
und läuft in einem T-Shirt herum mit dem Schriftzug:

moralischer Leuchtturm

sein Bart ist dicht und gut getrimmt

ich überlege ob es ihm jemals so ging
wie mir jetzt

es *ist* schwer am Anfang sagt EMO

sie unterrichtet Schauspiel und Kunst

aber nach drei vier Jahren hat man es besser im Griff

Hunderte Pfauenaugen
blicken von ihrem Rock auf mich

hallo Mama
geschrieben mit Edding

winter is coming
geschrieben mit Kugelschreiber

ich sitze in den Pausen
mit meinem Kaffee auf der Toilette

ich blicke auf das Graffiti

Herzen Sterne

ein Alien

wo bist du in der Pause abgeblieben?

EMO passt mich am Freitag an der Garderobe ab
und schleppt mich mit in die Kantine

hoher Raum und Lärm

die Lehrer sitzen zusammen

es gibt das Tagesgericht in Plastikschalen

STAR redet laut und schaufelt das Essen in sich rein

etwas Asiatisches

es gibt auch eine Salatbar - man kann selbst auswählen
und mischen

dazu fünf Sorten Dressing

kommst du an die Servietten ran?

ich kann dir sagen die letzte Unterrichtsstunde gestern

sind das Tomaten aus dem Gewächshaus?

BROM haut sich Krabbensalat auf ein Stück Schwarzbrot

ihr Mann hat ein Fischrestaurant

LUST unterrichtet Mathematik und Physik

sie schlägt ein Ei auf dem Tisch auf

EMO fragt: sind die von euren Hühnern?

ich sage nichts

ich blicke auf die Münder der anderen
und aus dem Fenster:

der Parkplatz und Bilka

STAR sagt etwas Lustiges und alle lachen

ich sitze da mit einem Birnenstängel

du schraubst den Verschluss einer Cola auf

du wickelst ein Sandwich aus
einer Alufolie
etwa fünf Kilometer von hier

mein Puls steigt wenn ich daran denke

deine Hände ums Brot

ein kleiner Speichelfaden aus deinem Mund
als du einen Bissen nimmst

*

das zweite Mal dass ich dich nackt sehe:

zwischen Büschen eines Parks

wir sind in Ringsted ausgestiegen

ich habe früh frei

du hast im Büro gesagt
du musst zu einer Sitzung

dein Körper ist weicher
als die Körper die ich gewohnt bin

aber dein Schwanz ist unglaublich hart

du ziehst meinen Finger
über dein Gesicht
und nimmst ihn in den Mund

der August beginnt zu strahlen

du hast breite Hände

schmutzige Fingernägel

du sperrst die Augen auf wenn wir uns küssen

als wärest du überrascht mich zu sehen

du hast eine Tätowierung
auf der Innenseite des Oberarms

ein kleiner Kranz mit einem Namen darin

was steht da? frage ich
und drehe deinen Arm um

Evy sagst du

das ist meine Tochter

ich habe das selbst gezeichnet

wir erschrecken beide
weil ich mich irgendwie runterbeuge

und die Tätowierung küsse

*

das dritte Mal als ich dich nackt sehe

reißt mir ein Stacheldrahtzaun
meine Stirn auf

als wir uns in einen Schuppen
für Gartenabfälle hineinzwängen

dann regnet es

Sperma Blut Sommerregen

*

was ist mit deiner Stirn?

holt eure Texte raus sage ich

die Schüler der Klasse in der ich Vertrauenslehrerin bin
fragen viel:

hast du Kinder?
bist du verheiratet?
wo wohnst du?
gehst du gern aus?
hast du einen Freund?

ich sage:

ich wohne auf Amager

die Schüler chatten in den Stunden
heimlich auf Facebook

sie schmunzeln plötzlich zur selben Zeit

ich weiß nicht - wegen mir

über etwas was ich sage

meine Kleidung

ein bisschen Spucke fliegt aus meinem Mund
als ich am Pult stehe und etwas über den

Essay erzähle

ich tue so als wäre nichts
und rede weiter

während die Spucke mir
in Slow Motion durch den Kopf geht

*

hier ist kein Zutritt für Schüler

der Hausmeister steht in der Tür zum Kopierraum

ich bin Lehrerin sage ich
und zeige ihm meine Chipkarte

er schaut lange drauf

vergiss nicht hinterher aufzuräumen sagt er

*

ich verteile Begrüßungsschreiben an die Eltern

sie sitzen an den Tischen der Schüler

die Schüler sitzen auf den Fensterbänken

wem danach ist
kann sich Kaffee und Kuchen nehmen

STAR breitet die Arme aus

er ist wie ein Fisch im Wasser

er ist fünfunddreißig und hat eine Tweedjacke an

das verleiht Autorität sagte er lachend
als wir weitere Stühle holten

ich erzähle vom Bücherkeller

von Rauchervorschriften

vom Fach Dänisch

wenn die Eltern Fragen stellen
blicken sie nur auf STAR

er erzählt von der Lernberatung

der Kennenlerntour

der Aufgabenoase

oder im Volksmund:

dem Hausaufgabengefängnis

die Eltern lachen

er berichtet dann von der Klassenreise

wir fahren im November

Kolosseum

das Essen

Roms Metrosystem

die Augen

die Nasen

die unterschiedliche Art zu sitzen

ich versuche herauszubekommen welche Schüler
zu welchen Eltern gehören

ich versuche zu verstehen dass die Schüler

Kinder von jemand sind

*

erreichst du die Herzen?

meine Schwester ist mit dem Klebestift zugange

sie wohnt in Valby

sie studiert Medizin
und ist anderthalb Jahre jünger als ich

und wie weit bist du schon mit den Namen?

das geht voran sage ich

bis November brauchen wir die Tischkarten

Thomas ist Koch

er hatte den Ring in einen Teigkorb gelegt

sollen wir Brautmutter und Brautvater schreiben
oder ihre Namen? frage ich

weiß ich echt nicht

Thomas! ruft sie in Richtung Küche

nein Namen sagt sie dann

egal! ruft sie

und pult Plastikfolie von einem Goldfilzer

na und wie geht es auf dem Gymnasium?

sie fragt ohne hochzuschauen

sie steckt die Kappe hinten auf den Stift
und legt das Papier und den Kopf schräg
wie früher als Kind

es ist schwer sage ich

manchmal verstehe ich nicht
wie das passieren konnte

was?

dass ich Lehrerin von jemand bin

sie blickt hoch und lacht

das ist nicht zum Lachen sage ich

geht es dir nicht auch so
Ärztin von jemand zu sein?

nee sagt sie

so ist das eben

he! was ist mit deiner Stirn?

sie beugt sich über den Tisch

ich rücke auf dem Stuhl nach hinten

ich bin auf dem Weg zum Hauptbahnhof mit dem Rad
gegen einen Ast gefahren

soll ich mir das mal ansehen?

nein schon in Ordnung

ich streiche mir den Pony zurecht

Apfelmost und Cookies sagt Thomas
und kommt mit einem Tablett ins Wohnzimmer

er verbeugt sich tief vor uns

Discovery

ungefiltert

danke sage ich und nehme ein Glas

wie ist es so zu pendeln? fragt er

ja das ist eigentlich ganz okay

*

deine Hand

in einem Viereck aus Licht

das die Sonne durch das Zugfenster wirft

*

es war genau da

du zeigst aus dem Fenster

sie hieß Martha

wir sind irgendwo in Høje-Taastrup

du hast einmal den Namen deiner Freundin
vom Gymnasium

als Graffiti entlang den Schienen geschrieben

das ist ja schon längst übermalt sagst du

aber ich schaue trotzdem immer hin

ich blättere in deinem Skizzenblock
während du auf der Toilette bist

ich schreibe meinen Namen
mit deinem Bleistift auf eine Seite
und radiere ihn wieder aus

*

es ist die letzte Unterrichtsstunde

vielleicht der letzte Sommertag

die Schüler spielen Schlagball

das Beste am Erwachsensein ist
dass ich nicht mitmachen muss

Otto P. und Otto S.

Signe Sandra Villads

ich sitze auf einer Bank und übe die Namen

Clara Klara Noah

und passe auf Handys auf

du bist tot

ich war fast da

Otto P. und Otto S. ziehen ihre T-Shirts aus

ich denke an harte Nektarinen

ein Vogel fliegt oben am Himmel

Klara duckt sich

dann schaut sie sich schnell um

ein Mädchen aus meiner Parallelklasse
fing einmal zufällig den Ball

in der Beuge ihres Ellbogens

während sie auf dem Feld stand und sich etwas ausruhte

mit den Händen hinter dem Kopf
geschlossenen Augen
und das Gesicht der Sonne zugewandt

die Spieler rücken nach vorn
und formen ihre Hände zu Schalen
wenn einer der Schlechten schlagen soll

es gibt den flachen Schläger und den runden Schläger

nein nein nein zum Teufel den flachen
ruft Otto P. Klara zu

hey sage ich

ohne dass jemand das hört

hey

*

ich trage das gleiche Kleid

wie Sandra

*

der Einkaufswagen ist riesengroß

alles ist groß
in diesem Bilka

ich bin für den Einkauf für die Kennenlerntour verantwortlich

gehe die Gänge rauf und runter
und packe Sachen in den Wagen

wie eine Alleinerziehende für fünfundzwanzig Kinder

ich versuche auszurechnen wie viel Milch
gebraucht wird

und was bedeutet es wenn auf dem Zettel

Spray

steht

willst du etwa in Jeans fahren?

BROM mustert mich morgens auf dem Parkplatz
von oben bis unten

es sind dreißig Kilometer

und wo ist dein Helm?

wir müssen ja mit gutem Beispiel vorangehen

sie hat zehn Klassen in Sport

sie ist in voller Montur

Handschuhe und Klickschuhe

sie dreht sich um und klatscht in die Hände

ich bilde mit EMO die Nachhut

ich habe meinen letztes Jahr gekauft

sie zeigt auf ihren Helm

Tarnfarbe

sie hat den Rock hochgebunden

ihre Kette rasselt ein wenig

BROM ist ganz vorn
zusammen mit den Schülern die Rennräder haben

sie sind am Auspacken als wir ankommen

die Schüler schlafen in Zelten

die Lehrer wohnen in einer Hütte

alle teilen sich Bad und Toilette

also werde ich drei Tage lang nicht scheißen können

so eine drückende
feuchte Hitze

Otto P. und Otto S. breiten eine Plane aus
und dürfen den Wasserschlauch holen

Rutschbahn in Unterwäsche

die die nicht mitmachen wollen
stehen in Gruppen da und schauen zu

später Sternlauf

Kleiderkette Alkohol
und Gurkenspiel sind verboten

BROM geht kontrollieren

die Schüler sollen das Essen über dem Feuer zubereiten

Sandras Gruppe grillt Hähnchenbrustfilet

der Rest bestellt Pizza

BROM ist für das Essen für die Lehrer zuständig

das wird von ihrem Mann in Thermoboxen geliefert

Kaiserhummer und Dorschsuppe

ich habe mehr Lust auf Pizza

ich habe für uns zwei Flaschen Rotwein mitgenommen
aber ich traue mich nicht sie aus der Tasche zu holen

Mitternachtsrunde mit Taschenlampen

ich finde es nicht gut die Schüler anzuleuchten

BROM löscht ein Feuer

sie hat eine lange schwarze Regenjacke an

ich rieche irgendwo Hasch
aber ich sage nichts zu den anderen

es sieht gemütlich aus in den Zelten

ich gehe in ein Gebüsch
und stecke mir eine Zigarette an

wir stehen auf dem Strand
Klassenfahrt in der siebten

es ist windstill

wir können den Regen am Horizont sehen

er setzt die Meeresoberfläche in Bewegung

ein anhaltendes Rauschen auf dem Weg zu uns

ich bin dreizehn und denke:

jetzt kommt das Leben

Wolkenbruch gegen drei

Klara und Clara kommen als Erste angelaufen
mit nackten Füßen und in Gummistiefeln

mit Schlafsäcken und Unterlagen über den Köpfen

dann kommt der Rest angestürzt

ich stehe in der Tür zur Hütte

und mache so eine
Bewegung mit den Armen:

schaufle sie rein

sie lärmen mit Tischen und Stühlen

machen sich im Gemeinschaftsraum breit

BROM pfeift und ich sage:

jetzt kommen wir mal langsam zur Ruhe

ich liege in meinem Zimmer
und lausche den Stimmen der Schüler

ich kann nicht schlafen

liegt ihr zu Hause in eurem Schlafzimmer
und flüstert im Dunkeln?

ich kann nicht schlafen
wenn ihr daliegt und miteinander flüstert

*

es stürmt in Ringsted

wir stehen im Park
die Köpfe dicht zusammen

und versuchen unsere Zigaretten anzustecken

ich denke an das Foto
mit Königin Margrethe und Prinz Henrik
wo sie genauso dastehen

symmetrisch

und so wunderbar
jung und verliebt sind

ich habe das Gefühl ich bin in einem Traum sagst du
und bekommst die Zigarette an

gut oder schlecht?

das weiß ich nicht ganz

ich wünschte wir wären uns
vor zehn Jahren begegnet sage ich

du bläst Rauch aus und schüttelst den Kopf

dann wäre Evy nicht geboren

auf dem Weg zum Bahnhof bekommst du Hunger

nein danke sage ich

du kommst aus dem Imbiss mit zwei Burgern
und reichst mir den einen

es ist irgendwie langweilig allein zu essen

du lächelst

ich habe plötzlich Lust den Burger
in deinem Gesicht zu zermanschen

und ich weiß nicht warum ich einfach
danke sage und ihn esse

*

das vierte Mal als ich dich nackt sehe

bleibt der Zug stehen

wegen eines Personenschadens
irgendwo auf der Strecke

so haben wir mehr Zeit sagst du
und hebst mich
neben dem Waschbecken hoch

ich berühre deine Haare
und denke plötzlich an

deinen Kopf

getrennt vom Körper

September

*

deine Frau lächelt

sie hat volle Lippen

ein ovales Gesicht

sie ist ziemlich hübsch

oder vielleicht ist es auch nur ein gelungenes Foto

ich habe Angst dass ich es vielleicht like

ein Profilbild kein Coverbild

verheiratet mit ... und Geburtsdatum

das ist das Einzige was ich sehen kann

79 geboren

335 Freunde

weniger als ich

allerdings
bist du einer von ihnen

sie mag den Bio-Lieferservice

Musik die ich nicht kenne

dieselben Grafiker und Galerien wie du

ich scrolle rauf und runter

und denke an all das was ihr teilt
was ich nicht sehen kann

du stehst unter einem gelben Regenschirm
in der Schlange vor dem Kolosseum

Regentropfen auf der Linse

du schaust zum Fotografen

dein Profilbild muss zehn Jahre alt sein

vielleicht hat deine Frau es gemacht

du siehst glücklich aus

ich bekomme eine Freundschaftsanfrage
und denke eine Sekunde lang die ist von dir

es vergeht einige Zeit bis mir klar wird
wer Noah ist

ich lehne ab

dann gehe ich auf sein Profil

sehe mir seine Bilder an

schaut euch selbst an!

ihr seid so richtige Wonneproppen!

das rief einmal mein Geschichtslehrer der Klasse zu
und alle krümmten sich vor Lachen

er löste im Museum in Silkeborg
den Alarm aus
weil er den Schaukasten mit dem Tollund-Mann
berührt hatte

Noah steht im Kimono im Scheinwerferlicht auf einer Bühne

ich stelle mir sein Gesicht in zehn Jahren vor

in zwanzig Jahren

er geht mit dem Rucksack einen Berg hinauf
und dreht sich um zu dem der das Foto macht

dann stupst er mich plötzlich an

ich weiß nicht wie ich das deuten soll

ich war in meine Physiklehrerin Stephanie verliebt

sie trank immer Eistee und roch nach Kaugummi

sie brachte Lampen zum Leuchten

einen Schokokuss dazu in einer Käseglocke zu wachsen

einen Weingummi in einem Glas Wasser aufzuquellen

eines Tages wird die Sonne explodieren
sagte sie am Ende einer Stunde

oder einfach ausbrennen

dann war ich nicht mehr in sie verliebt

Frederik aus meiner Volksschulklasse

im Sommerhaus
mit einem Kind auf dem Schoß

ich kann mich an sein Geburtsdatum erinnern

an die Festnetznummer der Eltern

er wurde ausgeschimpft
wegen seines merkwürdigen Julklappgeschenks

jetzt ist er Vater von irgendjemandem

ich erinnere mich an alle möglichen Geschichten

Stimmen

Handschriften

Annas

diese Hände
die Anna hatte

dünn und trocken

kleine Fingerspitzen

es kitzelt wenn sie meine Haare flicht

sie kann gut zeichnen
aber hält den Bleistift verkehrt

der Dänischlehrer

streift ein rotes gerilltes Gummidreieck
darüber

Vergewaltigung der Finger

wir ziehen es ab

und dann diese verdammt verrückte Zeichnung auf A3
mit den Drachen

das Papier ist glatt vom Buntstift

Anna Anna

was machst du *genau jetzt*?

*

alle Unterrichtseinheiten sind nach dem ZIMME-Modell
aufgebaut

STAR zeigt auf seinen Bildschirm

Ziel Inhalt Methode Material Evaluierung

ganz ruhig

damit kennst du dich nächstes Jahr aus
wenn du deine Lehramtsprüfung machst

er schenkt mir sein Material
über Soziolinguistik und Grammatik

ich habe meine PowerPoint-Folien etwas aufgepimpt sagt er

mit Bildern und Memes

es ist wichtig dass da was fürs Auge dabei ist
wenn du willst dass sie dir zuhören

und dann dachte ich

er greift in seine Tasche

dass du vielleicht Lust hast hier

er knallt ein Buch auf den Tisch

mal reinzugucken

ach du Schreck sage ich und nehme es in die Hand

Pädagogik am Gymnasium - ein Handbuch

was für ein Schinken

ich blättere

753 Seiten

er hat Post-its in verschiedenen Farben
eingefügt

bitte sehr! sagt er und lacht

für die langen dunklen Abende

*

Noah

sage ich dreimal in der nächsten Stunde

aber er streckt sich nur

*

die Schüler machen fast alle
denselben Fehler:

spatzieren statt spazieren

ich habe eine witzige PowerPoint-Folie gemacht
mit einem Spatz
durchgekreuzt

man spatziert nicht
man spaziert

man spatziert nicht
man spaziert

auf dem Nachhauseweg im Zug denke ich:

was ist das bloß für ein Blödsinn den ich da von mir gebe

*

das fünfte Mal dass ich dich nackt sehe:

mein Schlafzimmer

auch wenn es riskant ist

aber wir trauen uns nicht im Zug zu bleiben

und es ist zu kalt geworden für draußen

du duschst bevor du gehst
um nicht meinen Duft mit nach Hause zu nehmen

ich rieche hinterher am Handtuch

*

das sechste Mal dass ich dich nackt sehe:

mein Schlafzimmer

ich lege mich aufs Bett

hinterher

neben das Kopfkissen
das du ganz platt gelegen hast

*
ich versuche
nicht an den nackten Körper deiner Frau zu denken

*

der nackte Körper deiner Frau

*

ich weiß nicht warum wir beide
nicht ihren Namen aussprechen

glaubst du ich weiß nicht wie sie heißt?

*

das siebte Mal dass ich dich nackt sehe:

meine Küche

Vormittag

welch merkwürdiges Licht
als du gegangen bist

und ein Duft von etwas Süßem
aus der Tüte auf dem Tisch

du hattest Kuchen mitgebracht

einen Schwanz einen Kuchen ein Gehirn ein Herz
hattest du mitgebracht

und den Kuchen zurückgelassen

*

ich setze Wasser auf

und lege mich auf den Fußboden

ich komme bevor es kocht

*

Maria

*

jetzt sind es nur noch 171 Schultage bis zu den Sommerferien

FLIB stellt die Tasche auf den Schreibtisch
und zieht seine Schuhe aus

er zählt jeden Morgen die Tage

letztes Jahr gewann seine Abschlussklasse
zwei landesweite Preise

bester Ton und bestes Skript

für ihren Abschlussfilm im Fach Medien

ein Ausschnitt aus der Lokalzeitung hängt
an der Pinnwand im Lehrerzimmer

mit einem Bild von FLIB
der von den Schülern in die Luft geworfen wird

jetzt sind es nur noch zwölf Jahre bis zur Pensionierung
sagte er neulich

hör bloß auf damit

KILI warf einen Apfel nach ihm

du kannst doch gar nicht ohne die Schule leben

sie wirkt immer sehr gestresst

sie unterrichtet Englisch
spricht mit einem starken britischen Akzent

die Schüler dürfen in ihren Stunden nicht dänisch sprechen

FLIB wechselt zu Mao-Schuhen und schaltet seinen Laptop ein

er benutzt nicht den Acer der Schule sondern seinen eigenen Mac

sein Unterricht ist sehr IT-lastig

genau das mag ja die Schulleitung
sagt KILI zu mir beim zweiten Frühstück

*

die Henne legt ein Ei
das Ei liegt im Nest

ich habe das an die Tafel geschrieben

Noah meldet sich

e wie in Bewegung
und i wie in Stillstand

so habe ich es gelernt sagt er

e wie in Bewegung
und i wie in Stillstand

genau sage ich

und denke an meine Deutschlehrerin
die zwischen den Tischen herumging

in die Hocke ging

und mit den Fingern schnipste während sie sang:

schreibe nämlich stets wie dämlich
schreibst du nämlich nicht wie dämlich
bist du nämlich selber dämlich

ich stehe am Pult und muss lachen

warum ist das lustig? fragt Sandra

sie hat schöne Augen

vielleicht etwas hervorstehend

sie sitzt immer in der ersten Reihe
zusammen mit Christina und Noah

das ist es wirklich nicht
sage ich und huste

man kann nicht hören dass ich einen Gajol-Lakritz im Mund habe

diese Angst haben alle jüngeren Lehrer

ich denke wieder an meine Deutschlehrerin

Fäulnis und Tod

STAR hat eine Packung V6-Kaugummi auf seinem Tisch

EMO nimmt immer Mentos

*

wo im Text steht das?

pass auf mit Namenssymbolik

prima mit den acht Kartoffeln

dass als Konjunktion

what?

mach mehr aus der Axt

wo im Text steht das?

pass auf mit Namenssymbolik

prima mit den acht Kartoffeln

dass als Konjunktion

what?

mach mehr aus der Axt

ich kann meine Kommentare copypasten

als ich fertig bin habe ich Lust
Pia Juuls Novelle Ein netter Kerl

wieder von allen Kommentaren zu befreien

bestimmte Dinge darfst du ihnen nie verraten
hat MIRG zu mir gesagt

sie hat vierzig Jahre Dänisch unterrichtet

das was du am meisten liebst
musst du für dich behalten

*

wenn du unsere Aufsätze korrigierst
willst du da nicht lieber

die lateinischen Bezeichnungen verwenden? fragt Sandra

so ist es in den anderen Fächern

*

jemand bekommt eine Nachricht

ab jetzt dürft ihr
eure Handys gern auf lautlos stellen

sie fangen mit der Gruppenarbeit an

ich sehe die war für mich

du hast mir einen Link
von Under Your Spell geschickt

und geschrieben:

ich glaube ich bin verliebt in dich

*

shit sagt Villads

als ich erzähle dass die meisten
sich Stichwörter in der Hand notiert haben als ich aufs
Gymnasium ging

er fotografiert die Tafel mit seinem Handy

ich nehme den Schwamm als die Schüler gegangen sind
aber meine Stichwörter lassen sich nicht abwischen

dieser Stift war nicht für Whiteboards gedacht

ich trete einen Schritt zurück

wir haben mit Flüchen
Schimpfwörtern und Slang gearbeitet

in der Mitte steht mit großen Buchstaben:

SAMENCONTAINER

*

dein Handy klingelt

als du gerade von einem Straßenkünstler erzählst
den du mal in Nepal getroffen hast

es ist Maria

du drehst den Kopf weg von mir
aber ich kann deutlich ihre Stimme hören

es gibt Probleme mit Evy

sie wollte nicht in den Kindergarten

jetzt haben sie von dort angerufen

du rückst ganz zum Fenster hin

ich gehe auf die Zugtoilette
und betrachte mich im Spiegel

ich bin Maria

Evy klammert sich an mich

ihre Arme um meinen Hals

die Erzieherin zerrt sie weg
und zieht sie an sich

Evy schreit und strampelt

sie greift nach mir

so so sagt die Erzieherin

sie macht eine Kopfbewegung in Richtung Tür
und versucht Evys Beine festzuhalten

so so ja ja

sie macht mir über Evys Kopf hinweg deutlich:

du musst jetzt gehen

ich gehe über den Kies

wickle mich in meine Jacke

schaue nicht zurück

ich sitze im Auto und fahre nicht

balle die Fäuste und öffne sie

jemand zieht an der Tür

ich bleibe auf der Toilette

einfach unmöglich zum Straßenkünstler zurückzukehren

sollen wir uns einen Müsliriegel teilen? frage ich

nein danke

du schaust aus dem Fenster

sie bekommt manchmal solche

Anfälle von Heimweh sagst du

es war wirklich schlimm in diesem Frühjahr
als sie im Ferienlager war

aha

ich möchte gern noch was sagen

aber ich kann nicht
mit dir über sie sprechen

ich kann nichts
von ihr wissen

es fühlt sich an als würde ich etwas nehmen
was mir nicht gehört

*

am nächsten Morgen bist du nicht auf dem Bahnsteig

ich bekomme eine SMS als ich im Zug sitze:

Kind krank

ich antworte:

gute besserung

du antwortest:

du kannst mir nicht schreiben
ich schreibe dir

*

Evy liegt im oberen Bett
und bewegt die Beine im Schlafsack

sie seufzt laut

dreht sich dass der Lattenrost knarrt

lauscht

die anderen wachen nicht auf

ihre Atemzüge im Dunkel

sie blickt auf den Lichtstreif an der Tür

die Stimmen der Erzieher im Aufenthaltsraum
sind schon lange verstummt

unter dem Kopfkissen liegt eine Postkarte
mit einem Bild von einer Eisbärenfamilie

das du gezeichnet hast

Marias Handschrift auf der Rückseite

Evy hat es zweimal vorgelesen bekommen

sie zieht sich den Schlafsack über den Kopf

dann strampelt sie ihn weg

das Weinen bewegt sich den Hals hinauf

schließ die Augen Evy

stell dir vor deine Augenlider
sind zwei schwere Türen

solange du sie geschlossen hältst
kann das Heimweh dich nicht erreichen

denk an Orangen

denk an ein dickes Kaninchen

denk an ein großes Schiff
das in einen Hafen gleitet

und das Meer ist orange

irgendwann wird es Morgen

*

das achte Mal dass ich dich nackt sehe:

mein Schlafzimmer

ich stehe hinterher am Fenster
und sehe wie du dein Fahrrad über den Hof schiebst

der leere Kindersitz

als würde ein kleines Gespenst darauf sitzen

Oktober

*

zwei Brüder

binden einen Jungen von der Straße am Küchentisch fest
und sägen seine Beine mit einer Laubsäge ab

das ist ein mühsamer Prozess

es ist meine Dänischlehrerin
die diese Ungeheuerlichkeiten vorliest

während sie am Pult sitzt
und mit dem Fuß wippt

ich bin zehn Jahre alt und sinke ohnmächtig auf den
Linoleumboden

Sprache und Grammatik langweilen mich
also habe ich beschlossen eine Unterrichtseinheit

über das Grauen zu machen

ich weiß nicht was die Schüler beeindruckt

es zeigt sich dass die Zwillingsmädchen
das Einzige sind was sie
in The Shining unheimlich finden

sie finden Wendy sieht merkwürdig aus
und sie lachen als der Koch mit einer Axt ermordet wird

alte Filme sind irgendwie immer komisch sagt Otto S.

Sandra sagt neue Filme machen einem mehr Angst
weil man sich leichter mit Personen identifiziert
die einem ähnlich sind

*

in einem Glasschrank im Schlafzimmer
ist die verstorbene Frau des Mannes ausgestellt

einbalsamiert

und mit Diamanten in den Augenhöhlen

so heißt es in der Novelle von Ingemann
die die Schüler analysieren sollen

Christina sieht die Frau
als Symbol für Trieb und Sexualität

Sandra sagt dass der Mann
seine Leidenschaft hinter Glas weggesperrt hat

einige Schüler haben Probleme mit der Sprache

die ist verdammt altmodisch sagt Villads

ich muss eine Wörterliste für sie erstellen

frohlocken: sich über sein eigenes Glück freuen oder sich schadenfroh über das Unglück anderer zeigen

einbalsamieren: eine Leiche behandeln um Verwesung zu verhindern

Saphir: ein blauer Edelstein

*

mir ist etwas schwindelig sagst du

das neunte Mal dass ich dich nackt sehe

als du gehst läufst du im Treppenhaus
gegen die Scheibe beim Aufzug

deine Stirn hinterlässt

einen fettigen Abdruck

*

Maria berührt vorsichtig die Beule

sie wickelt ein Geschirrtuch
um eine Tüte tiefgefrorener Erbsen

*

es klingelt an der Tür

ein Mädchen von den Pfadfindern steht draußen

während die Frau mit ihr spricht
sehen wir wie sich etwas
durch das Abflussrohr unter der Spüle nach oben bewegt

das schafft Spannung sagt Noah

weil wir mehr wissen als sie

ich zeige den Kurzfilm Kitchen Sink
um Freud und das Verdrängte einzuführen

die Frau zieht ein behaartes
fötusartiges Monster aus dem Abfluss

pfui Teufel sagt Klara
und dreht den Kopf weg

die Frau legt das Monster in die Badewanne

es wächst und wird zu einem Mann
den sie ins Schlafzimmer schleppt

sie rasiert seinen Körper

zieht ihn schön an
und legt ihn ins Bett

die ganze Klasse johlt als er aufwacht
und sie anfangen sich zu küssen

Noah kommt nach der Stunde zu mir

du erinnerst mich wirklich sehr
an irgendjemand wenn du redest

und deine Haare

und dann die Art
wie du die Hände bewegst

na sage ich
und packe meine Unterlagen zusammen

an wen?

ich weiß es nicht sagt er

vielleicht an jemand aus einem Film

er nimmt die Kapuze ab
und setzt sie wieder auf

ich weiß nicht was ich sagen soll

wir drehen gleichzeitig den Kopf

Otto P. und Otto S.
versuchen einen Handstand hinten an der Wand

*

ganz schön fesch heute

die Mutter lächelt als wir uns am Tor begegnen

sie hat einen Jungen auf dem Arm

da wo ich wohne
ist im Erdgeschoss ein Kindergarten

es ist früher Morgen

vielleicht denkt sie ich hätte auch gerade
ein Kind abgeliefert

vielen Dank sage ich und bin froh
dass ich diese Mütze aufgesetzt habe

im Zug geht mir auf dass sie sagte:

ganz schön frisch heute

*

in den Büschen hängen Laternen als ich nach Hause komme

die Erzieher haben ein Lichterfest organisiert

Kinder und Eltern Hand in Hand

sie machen einen Umzug

ich gehe hinauf in meine Wohnung

stelle mich ans Fenster
ohne den Mantel auszuziehen

öffne es einen Spalt

ich geh mit meiner Laterne
und meine Laterne mit mir

auf einer der Bänke steht ein Topf

vielleicht haben sie Suppe gegessen

dort oben leuchten die Sterne
und unten leuchten wir

sie gehen im Hof immer im Kreis
und singen dieselben vier Zeilen

immer wieder

ich zünde mir eine Zigarette an

dann taucht der Laternenmann hinter einem Busch auf

es ist ein Erzieher mit einem Kissen vor dem Bauch

Bart und Stock

einige Kinder fangen an zu weinen

die Eltern beruhigen sie

der Laternenmann verteilt Äpfel aus einem Sack

die Lichter die Kinder die Äpfel

das Ganze macht mich sehr traurig

*

morgens ist es jetzt dunkler

andererseits:

spektakuläre Sonnenaufgänge durchs Zugfenster

du küsst mich obwohl ich erkältet bin

meine Bakterien laufen hinüber zu dir
und weiter zu Evy und Maria

eine Woche später seid ihr alle drei erkältet

*

das Thema lautet Engel und Dämonen

die Aula ist mit einem roten Läufer geschmückt

Tüll um die Säulen

schwarze und goldene Ballons

es gibt Sandwiches und Ohrenstöpsel im Lehrerzimmer

FLIB hat ein Flammenhemd an

er hat Plastikhörner gekauft

und Schuhcreme dabei
um Spitzbärte zu malen

bist du ganz sicher?

er reicht ein Paar Hörner rüber zu KILI

sie steckt ihre Ohrenstöpsel rein

man kann sich ja genauso gut voll drauf einlassen sagt
er zu mir

wir beide haben als Erste Dienst an der Bar

vertragt ihr das überhaupt Jungs?
sagt er wenn er Bier einschenkt

alle wollen von ihm bedient werden
und seine Hörner aufsetzen
und ihn mit auf ihren Selfies haben

ich versuche geschäftig zu wirken

wische die Theke ab

fülle den Kühlschrank auf

sortiere Breezer nach Farben

Otto P. Otto S. und Villads
kommen im Gänsemarsch

nackte Oberkörper

Engelsflügel

sie steuern direkt auf mich zu

ein Beer-Pong-Set sagt Otto P.

darf ich mal?

er greift nach meinen Hörnern

nix sage ich und ziehe den Kopf zurück

Otto S. springt auf die Theke

machst du nicht mit?

haha sage ich

ich gebe mir Mühe
dass das Bier nicht schäumt wenn ich einschenke

wie schnell kannst du so eins austrinken?

haha sage ich wieder
und mir fallen zwei Tischtennisbälle runter

mein Gesicht fühlt sich starr an

vielleicht liegt es an der Schuhcreme

gut dass die Musik laut ist

dann schaue ich ihn an

schneller als du sage ich

später kaufen Christina und Sandra Somersby

sie tragen die gleichen blauen Kleider
Kniestrümpfe und Stilettos

The Shining sagt Sandra

Noah kommt spät

zusammen mit einem Mädchen das ich nicht kenne
mit Katzenohren und Schnurrhaaren

rotes Kleid

es sitzt sehr eng

er hat eine Scream-Maske auf dem Hinterkopf

seine Hand liegt auf ihrer Hüfte
als sie zur Bar gehen

zwei grüne Breezer ruft sie
und lehnt sich über den Tresen

ihr Atem riecht süß und etwas gegoren

die Augen schwimmen

sie ist blass unter dem Make-up

hältst du das für eine gute Idee?

könnte ich sagen

oder ihr einfach eine Cola geben

sie fummelt unsicher mit MobilePay

ich schaue ihnen nach als sie gehen

das Mädchen bewegt ihre Hüften zur Musik
und hält den Breezer vor sich hoch

ich gehe zur Tanzfläche als mein Bardienst zu Ende ist

sie ist voll

neonfarbener Rauch

ich versuche die Körper voneinander zu unterscheiden

komisches Gefühl nüchtern zu sein

als bewege man sich im Traum eines anderen

mein Körper ist rastlos

ich stelle mich an eine Säule
und stecke die Hände in die Taschen

bewege die Finger im Takt mit dem Beat

es hämmert im Brustkasten

dann kommen Otto P. und Otto S. auf mich zugelaufen

die Flügel hüpfen

sie packen mich an den Händen und schleppen mich davon

nein nein nein rufe ich
und stemme mich mit den Füßen dagegen

dann stehen wir auf der Tanzfläche

sie schwingen meine Arme um mich zum Tanzen zu be-
wegen

ich taumele leicht

dann mache ich plötzlich ein paar wilde Moves

sie johlen begeistert

ich zwänge mich vorbei an den tanzenden Körpern

EMO steht an die Wand gelehnt
mit einer Girlande aus Lametta um den Kopf

sie hat einen toten Ausdruck im Gesicht

sie schaut auf ihr Telefon
und steckt es wieder in die Tasche

ich will zu ihr

aber jemand berührt meinen Arm

es ist Noah

kannst du mal kurz kommen? ruft er

das Mädchen steht über das Waschbecken gebeugt

das sieht unglaublich aus

irgendwie auch toll

das schreiend grüne Erbrochene
und das rote Kleid

hey sage ich

und lege den Arm um ihre Schulter

ach Mensch

sie hebt den Kopf

das Licht ist grell

unsere Gesichter im Spiegel

ihre Schnurrhaare

mein Spitzbart

hol EMO sage ich zu Noah

er dreht sich um
und die Scream-Maske starrt mich an

als der Vater des Mädchens kommt
sitzt sie an mich gelehnt
auf dem Fußboden des Lehrerzimmers

den Hinterkopf an meiner Brust

ich streichle mit dem Daumen ihre Stirn

EMO kauert mit einer Wasserflasche vor ihr

die Katzenohren des Mädchens in der anderen Hand

ich bitte um Entschuldigung sagt der Vater

wir helfen ihm sie ins Auto zu setzen

der Kopf schlackert hin und her

ich bitte wirklich um Entschuldigung

mach dir bloß keine Gedanken sage ich
und EMO reicht ihm die Ohren

so was passiert eben

*

am Mittwoch in den Herbstferien treffe ich Noah
auf der World Press Photo-Ausstellung

in Politikens Pressehaus

es verwirrt mich
ihn außerhalb der Schule zu sehen

und umarme ihn plötzlich

vor einem Foto von einem großen Orang-Utan
auf einem Operationstisch

dann gebe ich den Eltern die Hand

*

zwei die sich lieben

lieber Thomas liebes Schwesterherz

ihr schönen Menschen

ich sitze auf der überdachten Terrasse und komme nicht
so recht in Gang mit der Rede

ich kann meine Eltern durch die Glastür sehen

sie stehen sich im Wohnzimmer gegenüber
und führen einen Tanz vor:

strecken schütteln strecken zusammen
strecken schütteln strecken zusammen

die Bettwäsche ist weiß

mein Vater ist groß

meine Mutter ist klein

wenn er einen Arm
waagerecht ausstreckt
kann sie genau darunter stehen

Stendyssevej 1

Smedelinjen 45

ich sehe mir verschiedene Sommerhäuser in Røsnæs an

Nordwest-Seeland

ihr werdet eine ganze Woche weg sein

von Kopenhagen sind es etwa hundert Kilometer

hast du schon mal mit jemandem aus deinem Haus gesprochen?
fragt meine Mutter während sie das Essen zubereitet

wieso?

ich schleudere den Salat

es könnte ja sein

meine Mutter wringt einen Spüllappen aus

ein netter Nachbar oder so was

es würde dir guttun etwas zur Ruhe zu kommen
sagte sie einmal zu mir

und wir schrien beide

weil ich mit einer Schere nach ihr warf
die ich gerade in der Hand hielt

sie freute sich so an dem Tag als ich anrief
und ihr erzählte dass ich den Job in Næstved bekommen hatte

und die Fahrzeit kannst du ja
als Bürozeit betrachten sagte mein Vater

man kann viel schaffen in je einer Stunde hin und zurück

meine Mutter wischt den Esstisch ab

nein sage ich

so läuft das nicht

ich weiß nicht mal wie mein Nachbar aussieht

na na ja was weiß ich

sie schüttelt den Lappen über der Spüle aus

ich gehe auf die Toilette und schreibe meiner Schwester:

ich vermisse dich

sie antwortet nicht

sie ist mit Thomas und seiner ganzen Familie auf Fünen

sie waren vielleicht an einem stürmischen Strand

sie hat sich eine Fleecejacke von Thomas' Mutter geliehen

jetzt hat sie einen Neffen auf dem Schoß

sie liest ihm vor
und streicht sich die Haare hinters Ohr

der Neffe fummelt am Ärmel ihres Pullovers

mit oder ohne? fragt meine Mutter

es gibt Schokoküsse nach dem Mittagessen

mein Vater mag sie am liebsten mit Kokos
meine Mutter mag sie am liebsten ohne

sie haben eine Packung mit jeweils drei gekauft

ihr könnt sie einfach teilen sage ich

ich gehe in den Keller wegen der Liege

schleppe sie die Treppe hoch

mein Vater macht im Büro das Bett für mich fertig
das war früher mein Zimmer

die Brüste meiner Mutter
wenn sie sich im Badezimmer wäscht

die Zeit spricht zu mir
durch sie

*

ihr könnt euch nicht erklären
woher die Fruchtfliegen kommen

die schwirren um den Waschlappen in der Sommerhausküche

die fliegen aus der Spüle hoch als du den Wasserhahn anstellst

Fruchtfliegen legen ihre Eier in faules Obst
aber die Orangen sind frisch und lagern kühl

boah ruft Evy begeistert

Maria hat eine faule Birne
im Schrank unter der Spüle gefunden

sie steckt die Hand in einen Gefrierbeutel
und hebt sie auf

sie ist fast flüssig

sie stülpt den Beutel um die Birne
und macht einen Knoten

lass mal sehen!

Evy hat den Kopf ganz dicht am Beutel

ein paar Fliegen sitzen auf der Innenseite

jetzt aber raus damit sagt Maria

sie geht mit dem Beutel runter zur Einfahrt

irgendwas raschelt in der Hecke

Vögel

eine Katze

vielleicht ein Igel

*

es ist früh am Morgen

ihr liegt alle drei im Doppelbett

Maria ist schon eine Zeit lang wach

sie weiß nicht woher ihre Unruhe kommt

sie betrachtet Evys Wimpern

deine Hand
in einem Viereck aus Licht
das die Sonne auf die Matratze wirft

es ist ganz still

sie lauscht euren Atemzügen

sie hat plötzlich Lust zu schreien
oder etwas gegen die Wand zu werfen

ganz laute Musik zu hören

sie steht auf und geht ins Wohnzimmer

öffnet die Terrassentür

es ist kühl

deine Jacke hängt über der Sofalehne

sie zieht sie an
und schlüpft in ein Paar Gummistiefel

sie setzt sich auf einen Gartenstuhl

schließt die Augen

atmet tief durch

die Unruhe sitzt nicht an *einer* Stelle im Körper

die bewegt sich

sie stellt sich vor hier allein zu sein

die Sonne im Gesicht

die Pappeln rauschen

sie versucht diese Schlichtheit
tief einzuatmen

sie steckt die Hände in deine Jackentaschen

wühlt ein wenig
und fischt deine Zigaretten heraus

sie hat seit zehn Jahren nicht mehr geraucht

das Feuerzeug liegt in der Schachtel

sie raucht zwei

dann hört sie Schritte

jemand geht auf dem Kiesweg hinter der Hecke

auf und ab

sie steht auf

die Schritte stoppen

sie friert an den Fingern

dann geht sie rein und macht Feuer im Kamin

setzt Wasser für die Eier auf

der Abfluss in der Küche verströmt einen schwachen
fauligen Geruch

*

als du in den Røsnæsvej einbiegst

überfährst du eine Katze

Evy weint die ganze Zeit auf der Heimfahrt

*

hey guys sage ich nach den Ferien

hey darlings hey cuties hey kids

und mitten in der zweiten Stunde
nenne ich Christina Chris

ich weiß nicht wie das kommt

ich spreche auch lauter
und bewege mich in der Klasse

das scheiß Mailsystem in eduPort

in meiner Freistunde treffe ich STAR im Lehrerzimmer

er hämmert den Kopf auf den Tisch

er hat eine Mail über Otto P. geschrieben
der mehr als die Hälfte der Stunden gefehlt hat

und möglicherweise auch

MDMA hinterm Bilka verkauft hat

und statt die Mail
an alle Lehrer der Klasse zu schicken
hat er sie

an alle Schüler der Klasse geschickt

er zupft an seinem Bart während ich lese

unreif und unangepasst
steht da unter anderem

nähert sich dem Abgrund

das ist nicht so schlimm sage ich
und klopfe ihm auf die Schulter

mich durchläuft ein Schauder

ab zum Schafott sagt er und steht auf

ich fahre meinen Computer hoch

ich habe eine Nachricht bekommen:

ich möchte eigentlich am liebsten nur Christina genannt werden

*

der Kinderwagen steht verlassen unter einem Baum

leises Weinen

ein junger Mann mit Mütze bleibt stehen

geht hin und hebt die Decke hoch

das Verdeck klappt runter
und das Baby richtet sich auf und schreit

es hat rote Augen
und ein völlig verzerrtes Gesicht

Bäuerchen mit einem dicken weißen Strahl

Devil Baby Attack heißt der Prank

darf ich was auf YouTube zeigen? fragte Otto P.
als ich nach der Pause in die Klasse kam

das ist inhaltlich relevant für die Unterrichtseinheit

jetzt reiß dich mal zusammen sagt Christina zu ihm

Sandra sitzt da mit verschränkten Armen

*

da passiert etwas vorm Fakta

ich habe fettiges Haar

ich bin mit Brille und Turnschuhen unterwegs

ich war eben drin und habe Toilettenpapier gekauft
das ich gerade an meinen Fahrradlenker hängen will

ihr kommt näher

mit Buggy

erst wirst du ganz blass
dann wirst du ganz rot

ich sage

hey

hey sagst du

hey sagt Maria

das ist Maria sagst du

hey hey

und sie gehört auch zum
macht auch mit im

Lauftreff

manchmal

sagst du und zeigst mit dem Arm auf mich

hey

und das hier ist Evy

*

als ich nach Hause komme
hast du eine SMS geschickt:

!

hey sage ich vor dem Spiegel

und nehme die Brille ab und setze sie wieder auf

hey hey

*

Maria Maria

mir ist aufgefallen
dass du Grübchen hast

woran denkst du
wenn du an das Glück denkst?

mir ist aufgefallen
dass du Handschuhe anhattest
obwohl die Luft lau war

mir ist auch immer kalt

vielleicht könnten wir
uns alle lieben?

*

Evy liegt auf einer roten Matratze

ich knie und schau sie an

sie murmelt

dann greift sie im Schlaf nach mir

ich traue mich nicht sie hochzunehmen

ein Duft kommt von ihrer Haut

ich nehme sie trotzdem hoch

sie riecht nach dir

dann steht sie in Flammen

ich versuche sie mit meinen Händen zu ersticken

meine Hände fangen Feuer

ich versuche leise zu sein
damit die anderen Kinder nicht aufwachen

sie wachen auf

und fangen an zu weinen

zwei Erzieher kommen angelaufen

ein anderer Traum:

ich gehe in einem Park mit Evy auf dem Arm

schaukle sie auf und ab

ich bemerke dass sie ein Blatt im Mund hat

ich versuche es mit den Fingern herauszufischen
aber was ich erwische ist ihre Zunge

die hat sich in ein grünes Blatt verwandelt

die Haut ihres Gesichts wird langsam grün

dann beißt sie in meinen Zeigefinger

ihre Zähne sind spitz wie Nadeln
und sie wirft den Kopf von einer Seite auf die andere

mein Finger wird abgetrennt

ich schreie und das Blut strömt aus ihrem Mund

im selben Augenblick sehe ich Maria
über den Rasen kommen

*

ich sitze entgegen der Fahrtrichtung

und sehe die Dinge verschwinden

November

*

das zehnte Mal als ich dich nackt sehe

triffst du eine Mutter aus Evys Schwimmgruppe
als du von meinem Hof gehst

du musst dir etwas einfallen lassen

du bist nervös

du willst dich nicht mehr bei mir treffen

also wieder im Zug

du sagst Maria
dass sich deine Arbeitszeiten geändert haben

wir nehmen einen sehr frühen Zug

fast menschenleer
und mehr Haltestellen

ich darf keinen Lippenbalsam
und Bodylotion mit Parfum benutzen

das hinterlässt Spuren

*

irgendwie kommt es dazu dass du mich küsst
als wir uns am Nachmittag verabschieden

wir stehen mit unseren Rädern vor dem Hauptbahnhof

mit einem Ruck ziehst du den Kopf zurück

*

ich kann nicht

mehr steht da nicht

*

du bist nicht im Zug

ich gehe zweimal durch alle Abteile

ich setze mich mit dem Telefon in den Händen

bei Glumsø rufe ich an

du gehst nicht ran

ich schreibe:

ruf an

und bereue es

*

dein Handy liegt auf dem Küchentisch

Maria drückt darauf und sieht meine SMS

den ganzen Tag stelle ich mir dieses Szenario vor

Evy die in ihr Zimmer läuft

*

du bist nicht im Zug

ich reiße Seiten von Ud & Se in kleine Stücke
und lege damit Muster auf dem Tisch

ich fege sie in Roskilde in meine Hand

drei junge Frauen
mit coffee to go
in fast gleichen Jacken

setzen sich zu mir

oh Entschuldigung sagt die eine

sie lächelt mich an und zieht ihren Fuß weg

*

du bist nicht im Zug

hit me like a ray of sun

dreizehnmal

schafft man es
Halo während der Fahrt zu hören

*

du bist nicht im Zug

ich gehe vom Bahnhof zum Gymnasium

mit offenem Mund im Gegenwind

*

du bist nicht im Zug

ich steige in Næstved nicht aus
sondern fahre weiter bis Nykøbing Falster

sie rufen dreimal vom Gymnasium an

ich fahre zurück nach Kopenhagen

Nykøbing Falster

Kopenhagen

Nykøbing Falster

*

der letzte Zug fährt in den Hauptbahnhof ein

es ist kurz nach eins

ich bin allein im Abteil

der Schaffner macht seine Runde

ich nicke ihm zu und stehe auf
binde den Schal um

ich nehme den Schal wieder ab
und ziehe die Schuhe aus

ich setze mich in den Schneidersitz

sitze einen Moment so da

eine Frau auf dem Bahnsteig zieht den Reißverschluss
ihrer Jacke hoch

wir haben durchs Fenster Augenkontakt

sie wirkt ruhig

sie dreht sich um und geht zur Rolltreppe

das Licht im Zug geht aus

ich will raus

ich will zu ihr

aber jetzt sind die Türen geschlossen

der Zug setzt sich in Bewegung

ich muss die Notzentrale von DSB anrufen

eine Frau schimpft mich am Telefon aus

ein Mann in orangefarbener Weste holt mich
und bringt mich entlang den Schienen zurück

was zum Teufel machst du? sagt er

ich muss fast laufen um ihm folgen zu können

das hier ist kein Spielplatz

*

Geruch von Alkohol in der Klasse

in der Pause beschließen BROM und KILI
einen Beschwerdebrief ans Crazy Daisy zu schreiben
mit der Bitte

die Happy Hour am Donnerstag einzustellen

ich habe auch einen Kater

ich sitze am Pult

und schau mir eure Wohnung
auf Google Street View an

*

ich hebe einen Stein auf
und gehe zwischen den Fahrrädern
vor eurem Treppenhaus herum

das schwarze das grüne das silberne

ich überlege welches
Marias sein könnte

ich lege den Stein in den Korb des schwarzen Fahrrads

ich gehe durch das Tor in den Hof

da ist eine Rasenfläche

zwei Bänke

eine Sandkiste

ein Schaukelgestell

es ist dunkel

nur Licht von einigen Fenstern

ein knirschendes Geräusch

da sitzt jemand
auf der einen Schaukel

ich gehe übers Gras

hey Evy sage ich

sie blickt auf

warum sitzt du hier?

weil ich auf dich warte sagt sie

frierst du? frage ich

sie nickt

ich ziehe meine Jacke aus
und ziehe sie ihr über

erzähl mir vom Tod sagt sie

nein

doch sagt sie

bitte

ich blicke hoch zu euren Fenstern

das Licht ist aus

wenn du stirbst dann lebst du nicht sage ich

ist mir egal sagt sie

wenn du nicht lebst kannst du nicht mehr essen
und du kannst auch nicht spielen

das ist egal sagt Evy

ich bin nämlich ein Pferd

wenn du tot bist kannst du auch kein Pferd sein

aber ich bin ja nicht tot sagt sie

sie zeigt auf die andere Schaukel

komm mach mit

ich setze mich neben sie

wir schaukeln

schaukeln im selben Takt

meine Jacke flattert an ihr

komm wir springen sagt sie

okay sage ich

ich zähle bis drei sagt sie

und dann wachst du auf

eins

zwei

drei

*

ich ziehe mit meinem Freund zusammen

und mit seiner kleinen Tochter

in eine Wohnung auf Amager

Holmbladsgade

sage ich zur Friseurin
als sie mich fragt wo ich wohne

wie schön sagt sie

wie alt ist das Mädchen?

vier

sie geht in den Kindergarten

anfangs war es schwer
aber jetzt kommen wir sehr gut miteinander aus

ihre Mutter ist tot sage ich

es war also nicht so einfach

wie schrecklich sagt die Friseurin

sie hält meinen Kopf fest

jetzt musst du ganz still sitzen
denn jetzt ist dein Pony dran

vor dem Friseur wartet Maria

ich setze mich in den Buggy

sie schnallt mich mit einem Gurt fest

sitzt du gut? fragt sie
und gibt mir einen Keks

wir überqueren gemütlich Langebro

der Himmel ist dunkel

wir nehmen den Fahrstuhl nach unten zu Gleis sieben
und acht

ich darf auf den Knopf drücken

du stehst auf dem Bahnsteig

da sind weiter keine Menschen

etwas stimmt nicht

ich winde mich

der Gurt sitzt stramm

meine Arme sind kurz

ich öffne den Mund
aber ich habe keine Stimme

du legst die Hand auf den Lenker

ich versuche deinen Blick zu erhaschen
aber du siehst mich nicht an

dann gibst du dem Buggy einen Stoß

ich kann den Zug hören

*

meine Schwester in weißem Spitzenkleid

die Haare offen über die Schultern

sie ähnelt meiner Mutter auf Jugendfotos

mein Vater im Anzug daneben

sie gehen den Gang runter

ich habe sie vor Augen wie sie kniet

in Satin und Plateauschuhen
auf ihrer Konfirmation

unreine Haut

und der Pastor hat einen Kloß im Hals

es hört sich merkwürdig an wenn er spricht

meine Schwester blickt oben vom Altar zu mir herüber

wir fangen an zu lachen

wir können nicht aufhören

die anderen Konfirmanden werden unruhig

der Pastor wird rot und hustet

mein Vater kneift mich fest in den Arm

im Auto auf dem Weg zum Fest schimpft er mit uns

meine Schwester nimmt ihre Glitzerspangen ab
und versteckt sich hinter dem Pony

nichts was ich lieber möchte sagt Thomas

meine Schwester weint

dann weint auch Thomas

und mein Vater

danke für diesen herrlichen Tag

ich kenne die Melodie nicht

meine Mutter nimmt meine Hand

ich habe etwas im Mund

ich weiß nicht ob es Weinen ist
oder ein hysterisches Lachen

ich friere vor der Kirche

mein Onkel wirft aus Spaß Reis auf mich

ich habe Lust ihn mit dem Absatz zu treten

dreht euch ein bisschen ruft der Fotograf

damit ihr zur Braut schaut

lächeln die Damen

wunderbar

dann noch eins auf dem ihr winkt

yes

du mit den Federn

kannst du sie abnehmen oder dich an den Rand stellen?

prima

die Zunge am Gaumen

langer Hals

Spaghetti

und dann mit etwas mehr Gefühl

die Kammmuscheln sind schwer runterzukriegen

die Konsistenz

willst du nicht die Letzte?

mein Onkel spießt die Muschel mit seiner Gabel auf

sein Kiefermuskel wenn er kaut

wir klappern mit dem Besteck

Thomas füllt meiner Schwester auf

sie küssen sich

erst vorsichtig

dann mit der Zunge und alle johlen

ich denke an Waldschnecken die sich paaren

ich gieße Weißwein in mein Glas

und ich liebe dein Haar und dein Lächeln
du findest die Wälder und du findest
mich unter Sternen liegend
die wir nie erreichen

ich schließe meine Rede mit einem Gedicht
aus Mein inneres Pompeji

ich staune
dass meine Stimme so fest ist

und ich liebe
dein Lachen und die verworrene Wüste
in deinem Blick

Thomas blinzelt heftig während ich lese

meine Schwester umarmt mich hinterher lange

ich fühle mich wie Judas

Rinderlende
mit Sauce Bordelaise und frischen Karotten

nun gehen wir mit einem Herzen so rot

Herzen so rot

Herzen so rot

wir gehen abwechselnd mit einem Herzaufkleber
am Brautpaar vorbei

am Ende sind ihre Gesichter ganz und gar damit bedeckt

ich kann nicht anders
für mich sieht es aus wie Ausschlag

Geschwüre oder Windpocken

alle machen Fotos

Zitronensorbet
mit Ingwer und Minze

Getränke frei und Petits Fours

na und wer bist denn du?

der Fotograf stützt den Ellbogen auf die Theke

er ist einer von Thomas' Freunden

ist das ein Fischskelett?

ich zeige auf die Tätowierung auf seinem Unterarm

er hat die Hemdsärmel hochgekrempelt

das sind die verschiedenen Elemente in einem Objektiv

er sieht mich weiter unverwandt an

und - wer bist du? fragt er wieder

ich sehe wie Thomas sich zu meiner Schwester beugt
und dann blicken sie beide zu uns herüber

ja wer bin ich?

tolle Rede sagt er

bist du Schriftstellerin?

ich bin Lehrerin sage ich

die Hochzeitstorte hat fünf Etagen

Thomas hat sich das Rezept ausgedacht
und meine Schwester hat Probe gegessen

der Fotograf will hinterher mit mir tanzen

er hat seine Schuhe ausgezogen
und schwingt heftig mit den Hüften

ich versuche ihm auf die Füße zu treten

ich muss dir was erzählen
rufe ich gegen zwei auf der Tanzfläche
meiner Schwester zu

ich bin total fertig!

was sagst du? ruft sie

aber dann spielen sie Superstition
und wir verschütten unsere Drinks
weil meine Tante uns mit der Hüfte anstößt

auf der Toilette presse ich die Stirn gegen den Spiegel

stehe lange so da

bis ich eine SMS bekomme:

das hier ist wichtig
oder auf jeden Fall merkwürdig

ich habe heute deine Namensschwester getroffen
auf einem Flohmarkt

ich habe drei Würstchen im Schlafrock
von einer älteren Dame per MobilePay gekauft

und als ich die Nummer eingab
da tauchte dein Name auf

Vorname und Nachname

what are the odds?

ich vermisse dich

ich schaffe es gerade noch mich über das Becken zu beugen:

Hochzeitstorte
Zitronensorbet
Rinderlende
Kammmuscheln

*

heirate mich flüstere ich

als ich dich das elfte Mal nackt sehe

*

was will er?

die Augen meiner Schwester bewegen sich ruckartig

das weiß er nicht sage ich

wegen Evy

seiner Tochter

er möchte ihr nicht wehtun

aber was zum Teufel

meine Schwester stellt den Gemüsehobel auf den Couch-
tisch
und knallt den Laptop zu

wir machen gerade eine Liste von den Geschenken

sie schaut mich an

ich weiß sage ich

das ist ein Riesendurcheinander

aber mein Körper

es ist als würde mein Körper nur existieren
wenn er seinen berührt

und sonst bin ich nur flüchtiger Nebel

du bist kein Nebel

meine Schwester nimmt mich in den Arm

und du kannst dasselbe auch mit einem anderen haben

nein sage ich

das kann ich nicht

doch du kannst

nein

wir sitzen einen Moment da

aber dann musst du ihm das sagen

dass du das alles ganz ernsthaft willst

auch Stiefmutter sein

wenn du es denn wirklich willst?

das will ich wirklich

sie starrt auf den Gemüsehobel

wenn es Thomas wäre

ich stehe auf

ich wusste dass du das sagen würdest
aber er ist es ja nicht

und das Leben kann nicht für alle so sein

du und Thomas

Mutter und Vater

so ist es nun mal nicht für alle

weil die Leute egoistisch sind sagt sie
und zu viel voneinander erwarten

weil sie sich langweilen

weil sie aufgeben

oder weil sie sich verlieben sage ich

das Verliebtsein geht vorüber

*

bis Weihnachten

sagst du

bis Weihnachten

*

eine Frau blickt diabolisch den Betrachter an
während sie ihre neugeborenen Drillinge
an der Nabelschnur hält

ein Mann pisst auf den Fußboden
und starrt auf einen Schädel
der seinem eigenen Gesicht ähnelt

sie stehen in einem Zimmer mit gemusterter Tapete

die Komposition ist symmetrisch

Öl auf Leinwand

was für ein krankes Hirn
ein Mensch der so was macht sagt Otto P.

und wer hängt sich so was auf?

Klara runzelt die Augenbrauen

das ist einfach abstoßend

Sandra spricht vom Tod
und der Dysfunktionalität
in der Kleinfamilie

der Schädel das Ei die Zitrone

Christina liest aus einem Internetartikel vor

Kviums Symbole erinnern uns an
die bemessenen Tage des Menschen

ich erzähle eine Anekdote
über Kviums Porträt
von Königin Margrethe

es zeigt ungeheuer viele Details

fast wie eine Fotografie

die Falten

und das eine Auge Margrethes
das ein kleines bisschen schlaff ist

auf der Vernissage guckt sie erst lange auf das Gemälde

und dann auf Kvium und sagt:

Sie haben wirklich nichts ausgelassen

die Schüler lachen

mein Herz hüpft vor Freude

aber im Lehrerzimmer wird mir klar
dass es überhaupt nicht Kvium war

der das Bild gemalt hat

sondern Thomas Kluge

*

die bogenförmige Decke des Bahnhofs Roma Termini
ähnelt riesengroßen Rippen

als würden wir uns im Brustkasten eines Wals bewegen

STAR verteilt Metropläne

ich zähle die Schüler

ich kann die ganze Zeit mein Herz spüren

als wäre es aufgeschwollen

fünfzehn Grad und Novembersonne

wir ziehen die Jacken aus

Hotel Madonna

STAR spricht mit dem Mann an der Rezeption italienisch

fast fließend

er lebte zwei Jahre in Rom als er Geschichte studierte

die Schüler mühen sich mit ihren Koffern ab

and for you sagt der Mann an der Rezeption

der Schlüssel für mein Zimmer baumelt zwischen seinen
Fingern

professoressa

er lächelt

er trägt eine Brille mit Stahlfassung

ein Doppelbett

grüne Wände

dünne Gardinen vor dem Fenster
das zur Straße zeigt

so wohne ich

Schüler in Sechserzimmern auf beiden Seiten

nachts habe ich Angst
dass vielleicht jemand an die Tür klopft

dass jemand Hilfe braucht

ich liege da und blicke ins Dunkel

nichts passiert

ab und zu höre ich durch die Wände ein Lachen

morgens treffe ich Klara auf dem Gang
mit einem Handtuch um sich gewickelt

sie war im Badezimmer der Jungen

von ihrem Haar tropft es auf den Rücken

synthetischer gelber Saft

Toastbrot

Marmelade

Cornflakes die man aus einem Automaten holt

Vollmilch in Glaskannen

die Jungen essen und essen

eine halbe Stunde später kaufen sie
Pizza und Panini an einem Straßenstand

warst du schon mal in Rom?

ich bilde mit Noah die Nachhut

nein sage ich

du?

einmal mit meinen Eltern

die kennst du ja

er lacht

es herrscht wilder Verkehr

ich denke daran einfach auf die Fahrbahn zu treten und
mich überfahren zu lassen

ich denke an Wasser das kocht und verschwindet

die Schüler machen Fotos oben vom Palatin aus

ja was sagt ihr nun

STAR breitet die Arme aus
als würde er sein Zuhause zeigen

im Frühling duften die Orangenbäume
einfach herrlich

es fängt an zu regnen
in der Warteschlange vor dem Kolosseum

wie lange müssen wir hier noch stehen? fragt Villads

STAR steht ein Stückchen weiter
und redet mit einer der Wachen

seht doch mal

ich zeige auf das Gebäude

ist das nicht wahnsinnig?

Klara schaut mich sauer an und zieht ihre Kapuze hoch

lehnt ihren Kopf an Noahs Schulter

unten in den Kellergängen
saßen die Gladiatoren und warteten sage ich

sie aßen ihre letzte Mahlzeit

diese bestand aus dem Fleisch der Tiere
die man am Tag zuvor getötet hatte

ich weiß nicht ob das stimmt
aber das klingt sehr wahrscheinlich

es gab auch Hebesysteme
die die Tiere fassen
und in die Arena werfen konnten

Elefanten und Löwen

Hyänen sage ich

und einmal gab es eine Seeschlacht sagt Maria
wo man das ganze Kolosseum mit Wasser füllte

du küsst sie unter einem gelben Schirm
den ihr gerade bei einem Straßenhändler gekauft habt

du hast ein T-Shirt an

Marias Schuhe sind durchgeweicht

aber euch macht der Regen nichts aus

die Warteschlange

ihr kennt euch seit zwei Monaten

ihr seid verliebt

Roma Amor

Maria nimmt ihre Kamera aus der Tasche

sie tritt aus der Warteschlange in den Regen
und hält die Kamera vors Auge

schau zu mir!

ich zeige auf dem Metroplan
wo wir aussteigen müssen

die Schüler drängeln sich in die Bahn

wir stehen allzu eng beieinander

unser Zeug tropft

ein fremder Mann presst seinen Unterleib gegen meine
Lende

ich schließe die Augen
und stelle mir vor du bist es

ich öffne die Augen
und habe Blickkontakt mit Noah

er hält sich an einem Handgriff an der Decke fest

winkt mir mit dem kleinen Finger zu

ein unerträgliches Jucken in der Scheide
spüre ich plötzlich am dritten Tag

die fremden Bakterien im Wasser
haben mir Scheidenpilz beschert

peace and rest

die Frau in der Apotheke gibt mir eine fette weiße Creme

ich verreibe sie
auf der Toilette eines Cafés auf der Piazza Navona

während sich die Schüler Cola und Club-Sandwiches
gegen ihren Kater kaufen

sie stehen in Gruppen und rauchen vor dem Pantheon

der Regen hat aufgehört

der Durchmesser der Kuppel ist genauso groß
wie die Kuppelhöhe

und die Höhe der Kuppel entspricht genau der Hälfte
der Gesamthöhe des Tempels

sagt STAR zu mir

und in den Löchern im Boden sammelt sich das Regen-
wasser
und wird von dort in den Tiber geleitet

ja das habe ich auch im Reiseführer gelesen sage ich

der Durchmesser der Kuppel ist genauso groß
wie die Kuppelhöhe

und die Höhe der Kuppel entspricht genau der Hälfte
der Gesamthöhe des Tempels

sage ich zu Sandra und Christina

und in den Löchern im Boden sammelt sich das Regen-
wasser
und wird von dort in den Tiber geleitet

wir gehen über eine der Brücken

das Wasser ist graugrün

trüb

ich gehe ganz hinten
und lausche den Schülern

eine Insidersprache

die Spitznamen die sie sich gegeben haben

ich stelle mir die Situationen vor
in denen diese Namen entstanden sind

ihr müsst auch mit drauf sagt Villads

die Schüler haben Selfiesticks gekauft

er legt den Arm um mich und STAR

ein dänischer Guide mit Pferdeschwanz
führt uns durch den Vatikan

wir sind mit ihm via In-Ears verbunden

STAR geht vorne neben dem Guide
und fügt ab und zu etwas übers Mikrofon hinzu

mein Unterleib brennt

die Schüler gähnen und rempeln sich an

sie sitzen aneinandergelehnt
entlang den Wänden in der Sixtinischen Kapelle

Klara auf Noahs Schoß

nein setz dich ordentlich hin flüstere ich ihr zu

Pizza Margherita
und ein großes Bier pro Person
beim gemeinsamen Abendessen

laute Musik

und schlechte Akustik sodass alle schreien

ein Kellner rührt in einem ausgehöhlten Block Pecorino
Pasta zusammen

mein Gesicht ist zu Villads' mutiert

Villads' Gesicht und meines sind mutiert

Otto P. hat mit dem Foto von heute Faceswap gemacht

das sieht monsterartig aus

die Schüler verschwinden
nach dem Essen in alle Richtungen

mit Wein und Wodka in den Taschen

STAR und ich kaufen Kirscheis beim Trevi-Brunnen

der leuchtet wie ein Pool

dort unten und nach links

STAR zeigt auf eine schmale Gasse

das war eine winzig kleine Wohnung
und ich wohnte zusammen mit einem Typen aus Deutsch-
land

der rauchte und Schuppenflechte hatte

er kratzte sich also nachts viel

du weißt dieses Geräusch von Nägeln

und da lagen Hautschuppen und Pot in der ganzen Wohnung

STAR lacht laut

pfui Teufel das waren Zeiten

ein Duft von Shampoo
als Christina und Sandra im Foyer des Hotels
an mir vorbeigehen

sie gehen Arm in Arm

Silberschmuck

offenes Haar

sie sind auf dem Weg nach draußen

ich gehe auf mein Zimmer

setze mich auf die Bettkante

Mädchen ihr geht in die Nacht

die Sterne sind Kinderaugen

zwischen Pflastersteinen
sprießen die Anemonen des Todes

ich weiß nicht woher ich diese Zeilen habe

sie kreisen in meinem Kopf

ich kratze mich durch den Slip im Schritt

Lichtstreifen auf der grünen Wand

du ziehst die Gardinen zu vor dem offenen Fenster

schubst Maria aufs Bett

Autos rauschen vorbei

Bruchstücke von Gesprächen auf Italienisch

eine Flasche wird auf dem Asphalt zerschmettert

Maria küsst deine Hände

deine Finger einen nach dem anderen

allmählich werden die Geräusche von der Straße weniger

sie fällt auf dem Bauch liegend in den Schlaf

du wischst mit dem Bezug Sperma ab

legst einen Arm um sie
und gleitest in ihren Traum

ich stecke mir vor dem Hotel eine Zigarette an

es ist drei Uhr nachts

es ist kühl

mein Pullover ist viel zu dünn

ich habe dich oben vom Zimmer aus gesehen sagt Noah

gibst du mir eine?

ich zünde ihm die Zigarette an

ein Taxi fährt vorbei

eine Sirene weit entfernt

willst du meine haben?

er öffnet den Reißverschluss seiner Jacke

nein danke

wir rauchen nebeneinander

zwei

drei

vier

Minuten lang

hey sagt er
und wirft die Kippe auf die Straße

du bist eine gute Lehrerin

dann dreht er sich um
und nimmt die Treppe in einem Schritt

ich bleibe stehen bis ich zu zittern anfange

der Mann an der Rezeption blickt von seinem Telefon auf
als ich das Foyer betrete

er pustet auf meine Brustwarzen
bevor er in mich eindringt

das tut weh
aber auch gut

wie wenn man einen Mückenstich aufkratzt

hoffentlich sieht er nicht die weiße Creme

ich nehme seine Brille ab

please flüstere ich

und weiß nicht was genau
ich von ihm möchte

Dezember

*

morgens ist es ganz dunkel

wir können nur unsere eigenen Gesichter im Zugfenster sehen

und Weihnachtslichterketten

wenn wir Ortschaften durchfahren

*

Noah braucht Hilfe
beim Deuten der Katze

ich setze mich neben ihn

die Schüler lesen Edgar Allan Poe

ein Mann liebt seine Katze
aber diese erweist sich als böse

er bringt sie um

aber sie kehrt von den Toten zurück
und treibt den Mann in den Wahnsinn

am Ende bringt er seine Frau mit einer Axt um
und mauert sie in der Wand ein

Noah scrollt die Seiten runter

also ich denke spontan
irgendwie an Freud? sagt er

sein Pullover ist aus einem

synthetischen Material

das mir die Haare auf meinem Arm

zu Berge stehen lässt

*

er ist süß

ich schaue in den Kinderwagen
und möchte gern noch etwas mehr sagen

er ist wirklich süß

es ist das erste Mal dass ich GIAN treffe
die uns in ihrem Mutterschaftsurlaub besucht

sie hat rote Wangen
und dunkle Augenringe

wir stehen im Halbkreis um sie und den Wagen

alle betrachten den Jungen
der unter seiner Decke hervorschaut

BROM schneidet lustige Grimassen

LUST legt die Hand auf den Lenker

man vergisst völlig wie klein die sind

dann legt sie die Hand auf GIANs Arm

genieß es

LUST hat eine Tochter
die auf Austausch in Australien ist

sie liest uns ihre Mails in den Pausen vor

es sind Rundmails und sehr kurze

na jetzt gehe ich also an Bord

BROM greift in den Kinderwagen

der Junge liegt auf ihrem Arm und sieht benommen aus

dann wird er herumgereicht

er ist schwerer als ich erwartet habe

und sehr warm

er riecht süßlich
nach Haferbrei mit Zucker

Milch

ich habe Hunger und mir ist schwindelig

die Schädeldecke ist bei Säuglingen offen

sie ist auf jeden Fall weich

ich habe plötzlich Angst ihn fallen zu lassen

oder dass ich ihn in einer Art Anfall
gegen die Wand schleudere

ihm einen Finger abbeiße

ich reiche ihn schnell weiter

na ich hab da noch ein paar Aufsätze

ich gebe GIAN die Hand

alles klar sagt sie und lächelt

wir müssen auch bald los

sie drückt meine Hand

schön eine von den Neuen zu treffen

ich schaue ihr durchs Fenster nach
als sie sich verabschiedet hat

sie wickelt sich einen Schal um den Hals

richtet das Verdeck

dann schiebt sie den Kinderwagen über den Parkplatz

die Sonne steht niedrig überm Bilka

abends packt mich eine Unruhe
dass ich das Kind vielleicht irgendwie angesteckt haben
könnte

ich google baby + erkältung

baby + ansteckungsgefahr

ich suche GIAN auf Facebook
will sehen ob sie was geschrieben hat

von einem kranken Kind

nein nein nun mal ganz locker

meine Schwester lacht am Telefon

bist du denn völlig verrückt geworden?

*

das zwölfte Mal als ich dich nackt sehe

kommst du in meinem Mund

und gehst dann

um Evy beim Lucia-Umzug zu sehen

*

dieses Schwindelgefühl
das nicht weggehen will

ich schütte Puderzucker in eine Schale

meine Schwester wendet die Krapfen mit einer Gabel

gemütlicher Advent in Valby

und dann schaue ich hinüber zu ihm
und dann steht sein Kopf einfach in Flammen

die Stimme meiner Mutter aus der Stube

die Geschichte von dem wilden Haar meines Vaters in
den Siebzigern
und einem Adventskranz an der Decke

Thomas lacht laut

er hat sie schon mal gehört sagt meine Schwester
und dreht das Gas kleiner

übrigens

sie dreht sich zu mir

du darfst das keinem sagen

aber nach Neujahr wollen wir anfangen

also versuchen

nein verrückt

oder herrlich

ich drücke sie

nein wie herrlich

meine Handflächen fangen an zu brennen
als wir am Tisch sitzen und Sterne flechten

ich muss auf die Straße gehen
und sie auf den Asphalt legen

bist du okay?

zwei Teenager

Arm in Arm
ihre Fahrräder schiebend

bleiben stehen

ja alles okay danke

sicher?

aber ja vielen Dank

sie lächeln und gehen weiter
im Gleichschritt die Straße hinunter

ich setze mich auf den Bordstein
und schließe die Augen

Evys Wimpern

deine Hände

Marias Herz

etwas Warmes läuft zusammen

ich weiß nicht ob ich weinen
oder kotzen soll

*

ich gebe dem Erzieher die Hand

hole sie zum ersten Mal ab sage ich

Evy sitzt
zusammen mit den anderen Kindern

auf kleinen roten Stühlen

sie essen Orangen
und Kekse mit Heringspastete

Herzen und Sterne aus Pappe baumeln von der Decke

ich hocke mich neben sie

hey Evy

kommst du mit nach Hause zu Papa?

sie legt den Keks weg

was hast du da auf der Stirn?

sie zeigt auf meine Stacheldrahtwunde

ach nichts

sie schiebt meinen Pony zur Seite
und hält den Kopf schräg

tut das weh?

nein sage ich und drehe das Gesicht weg

sie umfasst meinen Kopf und wendet ihn

mach die Augen zu sagt sie

dann bläst sie mir ins Gesicht

ihr Atem ist warm

riecht nach Heringspastete

sie bläst und bläst

es prickelt in der Narbe

dann wird sie warm

die Wärme steigt in den Kopf

läuft den Nacken runter

die Wirbelsäule entlang

und verbreitet sich im ganzen Körper

Evy lässt meinen Kopf los

so sagt sie

ich öffne die Augen

fühle mit den Fingern nach

die Haut auf meiner Stirn ist ganz glatt

sie schmiegt sich an mich
und küsst mich auf den Mund

die anderen Kinder klatschen und johlen

Evy klettert auf ihren Stuhl

sie streckt die Arme in die Luft

die Sonne fällt durchs Fenster
und setzt die Gläser in Brand

die Orangenschalen leuchten orange

die Kinder fassen sich an
und fangen an zu singen

Evy legt den Kopf zurück und schließt die Augen

ihre Füße heben sich vom Boden

die Stimmen der Kinder schwellen an

und sie schwebt zwischen dem Weihnachtsschmuck

höher und höher hinauf

*

wo warst du?

hey hast du geweint?

meine Schwester nimmt mich in den Arm

nein nein alles bestens

ich schiebe ihre Hände weg

und das da?

sie zeigt auf die Wodkaflasche unter meinem Arm

nur für den Glühwein sage ich
und gehe zu Thomas in die Küche

*

meine Schwester sagt
ich rauche und trinke zu viel

ich sage das gleicht sich damit aus
dass ich lese

wenn ich nicht an dich denken darf
wenn ich an das Glück denke

denke ich an kalten Wodka
der mich durchfließt

*

Nightwatch ist ein Erfolg

weil die Schüler Nikolaj Coster-Waldau
aus Game of Thrones kennen

das ist kontrapunktisch

sagt Christina zur Szene
in der Ulf Pilgaard zu den Klängen eines bekannten Schlagers
ein Messer in Joyce jagt

ja sage ich
und gehe auf die Toilette
und google kontrapunktisch

die weißen Laken über den Leichen
könnten Unschuld symbolisieren sagt Sandra

nein sage ich

die weißen Laken sind einfach nur weiße Laken

sie schaut mich lange an

das kannst du nicht wissen

doch sage ich

und habe Lust einen Daumen
auf jedes ihrer Augenlider zu setzen

ihre Augen einzudrücken

das kann ich

*

rauchst du eigentlich

weil du mit einem Feuerzeug rumläufst? fragt Otto S.

ich stecke eine Kalenderkerze an
die Noah gerade gekauft hat
obwohl wir mitten im Dezember sind

auf Festen sage ich

dann gebe ich ihnen frei

es ist noch eine halbe Stunde bis es klingelt

ich sitze am Pult
im blauen Licht des Filmprojektors

ich schließe die Augen

die Unruhe sitzt nicht an *einer* Stelle im Körper

die bewegt sich

*

es ist Frostwetter

ich habe geschlafen als du anriefst

jetzt sitzen wir auf einer Bank am Sortedams-See

du schmeckst nach Bier

du warst mit den Jungs unterwegs

deine Hand ist kalt auf meinem Hals

meinem Bauch

meinem Schenkel

das Blut läuft zum Herzen

das Blut läuft zum Schwanz

es tut weh
das bunte Licht im Gehirn

ich habe Lust einfach alles loszulassen

auf deine Hand zu pissen

*

beim dreizehnten Mal als ich dich nackt sehe

kannst du nicht kommen

entschuldige

ich weiß wirklich nicht was los ist

sagst du

*

ich trinke Weißwein um meine heiße Möse zu kühlen

ich übe gegen nichts anderes Gewalt aus als gegen meinen Körper

der das Herz ist die Möse die Sehnsüchte und Erinnerungen

*

das vierzehnte Mal als ich dich nackt sehe

sehe ich dich nur im Spiegel

du hast mich gleich am Anfang umgedreht

du bist zu hart

keiner von uns sagt etwas
als wir hinterher im Abteil sitzen

*

wir sitzen in Ringsted auf einer Bank und rauchen

deine linke Hand ruht auf meinem Schenkel

du hast keine Handschuhe an

deine Hände machen mich verrückt

der Teufel schläft in meinem Blut

weißt du das?

ich glaube ich muss es
hinausschieben sagst du

ein wenig

wir wollten vielleicht
über Neujahr nach Bali fliegen

wir kriegen es über meine Arbeit billiger

vielleicht wäre es gut
dann hätte ich etwas Ruhe

du weißt

alles zu durchdenken
wie ich genau vorgehen soll

du siehst mich nicht an

ich nehme einen tiefen Zug

und drücke die Zigarette auf deiner Hand aus

*

ich sitze im Bett
das Handy vor mir

ich sitze im Zug
das Handy vor mir

ich sitze am Pult
das Handy vor mir

das Bett der Zug das Pult

das Bett der Zug das Pult

es vergehen drei Tage

es vergehen zehn Jahre

du denkst selten an mich
und spürst nur

ein kurzes Ziehen im Schwanz

ich zucke zusammen

aber die SMS ist von meiner Mutter:

Wunschzettel?

*

du stehst auf dem Bahnsteig

du hast ein Pflaster auf der Hand

du zitterst als du mich küsst

du bist verrückt sagst du

du bist verrückt sage ich

*

großes Fest im Gymnasium

ich habe mich zu sehr herausgeputzt

es ist ja wichtig
dass wir nicht mehr glänzen als die Schüler sagt BROM

sie trägt flache Schuhe und eine Federboa

die langen Tische sind weiß gedeckt

Menükarte und Festlieder unter den Tellern

es ist als wären alle verkleidet

die Schüler ähneln jungen Brautpaaren

die Lehrer ähneln alten Konfirmanden

STAR und LUST sind gute Tänzer

ich habe es abgelehnt
bei der Lehrerquadrille mitzumachen

alle trinken Wein zum Essen

die Musiklehrer haben eine Band gebildet
und spielen Happy von Pharrell

die Abgangsklassen küren FLIB zum Lehrer des Jahres

er stolziert im Anzug und Mao-Schuhen
zwischen den Tischen herum

eigentlich ist es ein bisschen unfair dass derselbe Lehrer
mehrfach gewinnen kann sagt STAR

wenn man nur Filme mit seinen Klassen macht
ist es ja kein Wunder dass man beliebt ist sagt BROM

wohin gehst du? fragt eine aus der unteren Klasse

sie hat einen schwarzen Hosenanzug an
mit Ausschnitt im Rücken

sie steht mit ihrem Handy vor dem Haupteingang

nach Hause sage ich

ich gehe über den Parkplatz

wir haben uns für elf
auf dem Bahnsteig verabredet

du warst auf deiner Firmenweihnachtsfeier

du siehst gut aus mit Schlips

ich bin groß mit Stilettos

du hast Bier mitgebracht
das wir im Zug trinken

wir steigen in Ringsted aus

wir finden eine Bar

eine Nische

wir küssen uns

wir kaufen Fassbier

Flaschenbier

Gin Tonic

küssen mehr trinken mehr

du balancierst mit einem Tablett

zwei für jeden sagst du

und stellst vier Fernet-Branca-Shots vor mich hin

wir hämmern die leeren Gläser auf den Tisch

du lachst

du rauchst Kette
mit einem leichten Zittern in der Hand

ich muss pinkeln und stehe auf

stolpere über die Schatten der Stuhlbeine

du versuchst mir aufzuhelfen
dabei fällt dir die Zigarette auf den Arm

au zum

Teufel

du nuschelst

du hast dir ein Loch ins Hemd gebrannt

du legst die Hände um mein Gesicht

entschuldige sagst du

ich knie

meine Augen schwimmen zu deinen
wie laichende Fische
in einem Aquarium voller Wodka

du schielst

dein Gesicht ist schlaff

du bist so scheißhässlich sage ich in deinen Mund

du schmeckst nach Alkohol und Rauch

dein Handy blinkt auf dem Tisch

es ist Maria

du drehst es um

sie steht am Wohnzimmerfenster
und schaut hinunter in den Hof

das Blinken hört auf und die Mailbox springt an

sie scrollt durch ihre Kontakte

er ist ziemlich früh gegangen
so gegen zehn vielleicht
sagt dein Kollege zu ihr am Telefon

dann steht Evy in der Tür

Maria winkt sie zu sich

sie kommt mit ihrer Bettdecke angetrottet

er ist nicht nach Hause gekommen?

nein sagt Maria
und streicht mit der Hand durch Evys Haar

ich verstehe es nicht

er kommt bestimmt gleich sagt der Kollege

wo ist Papa? fragt Evy als sie auf dem Sofa sitzen

er kommt gleich sagt Maria

ihr Puls geht schnell

sie tippt 112

löscht die Zahlen

dann checkt sie noch mal die Abfahrtszeiten
obwohl sie genau weiß
dass der letzte Zug schon lange weg ist

sie schreibt eine SMS:

WO BIST DU?!

du presst die Stirn so fest gegen meine
dass es wehtut

ich halte deinen Kopf

dann reißt du dich plötzlich los
greifst nach deiner Jacke
und stürzt aus der Bar

die Tür fällt zu

der Barkeeper sieht mich an

ich falle hin als ich aus dem Taxi steige

Hautabschürfungen an der Handfläche

der Fahrer wartet

er lässt die Scheibe runter

kommst du zurecht?

ich winke ihm zu
und gehe zum Haupteingang

er schließt das Fenster und fährt

ich schleudere meine Stilettos in einen Busch

hey was ist los?

ein Schüler in dunkelblauem Anzug steht da und pisst

pscht! sage ich zu ihm

Techno als ich die Aula betrete

die reinste Folter - so laut

meine Nylonstrümpfe kleben am Boden

ein Chaos von Menschen

drei Mädchen stehen auf einem Tisch und tanzen

ihre Frisuren sind durcheinander

jemand winkt drüben an der einen Wand

es ist EMO

die Lehrer sitzen zusammen an einem Tisch

STAR hebt eine Flasche hoch als er mich sieht

ich tue so als würde ich sie nicht sehen

gehe zur Tanzfläche

könnt ihr es lauter stellen?

Otto P. steht am Mischpult

lauter lauter! schreie ich ihm ins Ohr

ich nehme sein Bier
und rutsche auf dem Boden aus

ich will mehr Bass in der Brust

will dass mein Herz explodiert

ich will sterben

ich will tanzen

dicker Nebel quillt aus der Nebelmaschine

ich bewege mich darin

dein Mund

ich wiege nichts

das Herz schnurrt

alles dreht sich

die Schüler mit den Armen in der Luft

sie tanzen hässlich und wild

sie küssen sich

deine Zunge in meinem Ohr

alle Geräusche verschwinden

das Licht blinkt

jemand tritt mir mit einem Stöckelabsatz auf den Fuß

es tut nicht weh

die Sonne stürzt aus dem Himmel
und fällt auf deine Hände

daran werde ich mich erinnern

ich will von meinem Bier trinken
aber es ist weg

du läufst durch mein Gesicht

das Herz ist eine Discokugel

die Möse ist ein Stück faulendes Fleisch

das Sperma ist silbern

dann fallen die Köpfe der Schüler ab
und rollen auf dem Boden herum

die Körper tanzen weiter

ich will sie berühren

aber meine Hände sind aus Nebel

mein Körper ist aus Nebel
der in alle Richtungen explodiert

Noah steht mittendrin
der Nebel wallt um ihn herum

er bewegt den Kopf in Slow Motion

er lächelt

seine Zähne leuchten

*

ich glaube da muss was mit dem Essen gewesen sein

ich räuspere mich

und vielleicht
zu viel Wein dazu

die Schulleiterin schaut mich an

gefällt es dir hier? fragt sie

sie hat kräftiges graues Haar

ich habe nicht mit ihr gesprochen seit ich hier angefangen habe

Zuckerbrot oder Peitsche

weiß ich noch dass sie mich das während unseres Gesprächs fragte
und dass ihre Haare zu einem dicken Zopf geflochten waren

nichts von beidem antwortete ich

und irgendwas mit fröhlichem Lernen

sie sieht mich ernst an

ja sage ich

ja es gefällt mir hier sehr gut

sie schiebt den Stuhl zurück
legt ein Bein über das andere

es gab ja hier und da

sagen wir mal

kleinere Probleme?

sie hält meinen Blick fest

ich weiß es ist schwer am Anfang

man wird ins kalte Wasser geworfen

denk daran auch mal zu entspannen

ja sage ich

denn das ist wichtig sagt sie

man muss wieder zu Kräften kommen

jetzt sind bald Weihnachtsferien
pass gut auf dich auf

und sieh zu dass du die Batterien wieder aufgeladen bekommst

dann sehen wir im Januar

wie es läuft

ob du alles etwas besser im Griff hast

*

es sind keine Schüler da
als ich in die Klasse komme

ich gehe zum Fenster

die meisten stehen unter dem Vordach
auf dem Parkplatz und rauchen

ohne Jacken

als würden sie nie frieren

im Hintergrund leuchtet Bilka

Noah steht neben dem Kotzmädchen

sie hat eine Nikolausmütze auf

ich liege auf der Tanzfläche

mein Kopf in BROMs Schoß

verschwindet! ruft STAR

Noah hält mir eine Wasserflasche an den Mund

das ist das Letzte woran ich mich vom Fest erinnere

ich wachte auf EMOs Sofa auf

Otto S. gibt Noah einen Klaps auf die Schulter

Noah dreht sich zu ihm um

dann singen sie etwas zusammen

so sieht es jedenfalls aus

sie bewegen die Münder synchron

alle lachen

Otto S. steckt den Kopf zwischen
Noahs Beine und steht auf

Noah sitzt auf seinen Schultern

er breitet die Arme aus als würde er fliegen

er zieht dem Kotzmädchen die Nikolausmütze vom Kopf

sie schlägt nach ihm

dann drehen sie alle die Köpfe
zum Eingang irgendwo unter mir

Otto S. bückt sich und Noah springt ab

sie werfen die Zigaretten weg und gehen rein

alle sollen sich in der Aula um den Weihnachtsbaum aufstellen

nein nein nein ruft BROM

ihr geht nach links!

sie koordiniert das mit KILI

sie möchten dass wir drei Ringe bilden
die sich in verschiedene Richtungen bewegen

es dauert lange bis es klappt

ich möchte alles gern von oben sehen

wir singen O du fröhliche

ich gehe zwischen STAR und EMO

STAR drückt meine Hand

er schickte am Tag nach dem Fest eine SMS:

Kopf hoch
du hast schlappgemacht na und?
das passiert schon mal

Noah hat die Kapuze hochgezogen
ich kann sein Gesicht nicht sehen

*

wir gehen auf dem Westfriedhof herum

es ist der dreiundzwanzigste Dezember

du hast gefragt ob wir ein Stück gehen sollen

wir gehen und gehen

es ist ein Jammer
dass wir den Schnee zertrampeln sage ich

du bist sehr still

dann bleibst du stehen

unfassbar
dass wir gerade hier miteinander reden müssen

das ist zu dramatisch

du sagst wir sind doch erwachsene Menschen

hier gibt es eine färöische Abteilung
und eine grönländische Abteilung

eine muslimische Abteilung

ein Gedenkstein für gefallene Soldaten

ein Grabstein für britische Seeleute

ein Massengrab

Tannenbäume

kleine Kieswege

Herman Bang liegt hier

Emil Bønnelycke liegt hier

hier ist auch ein See

umgeben von Bäumen und Büschen
und Gräbern von Ministerpräsidenten

am See ist eine Bank
auf der man im Sommer sitzen kann

mit Aussicht auf eine Kapelle
mit gelben Ziegeln über dem Eingang

die wie Gold leuchten
wenn die Sonne auf sie fällt

Anmerkungen:

Seite 135: Zitat aus Peter-Clement Woetmanns *Mein inneres Pompeji.*

Darüber hinaus habe ich mich von Villy Sørensen, Harald Landt Momberg, Christian Dorph, Dennis Gade Kofod, Édouard Levé, Beyoncé, Martin Glaz Serup, Sandra Holm – und gewiss noch anderen – inspirieren lassen und diese auch frei zitiert.